Edition Belletristik

MAX CZOLLEK

DRUCKKAMMERN

DRUCKKAMMERN

MAX CZOLLEK

Quartheft 35 // Edition Belletristik
ISBN 978-3-940249-52-4

Chodowieckistr. 2 / 10405 Berlin
www.belletristik-berlin.de

ILLUSTRATIONEN // Frederik Jurk
KONZEPTION, GESTALTUNG, SATZ // Andrea Schmidt
SCHRIFTEN // Academy, Novel Sans Pro
BUCHDRUCK UND -BINDUNG // SDL Buchdruck, Berlin / Printed in Germany, 2012
PAPIER // 90 g/m2 Lessebo Design Smooth / 1,3 Vol. natural

WEITERE TITEL IN DER EDITION BELLETRISTIK:
Q34 // Schönheitsfarm / Birgit Kreipe
Q33 // HORAE / Swantje Lichtenstein
Q32 // Golems Totems / Jinn Pogy
Q28 // Datenschatten Datenströme Staub / Florian Voß
Q27 // Minkowskis Zitronen / Alexander Graeff
Q26 // Blickdicht / Lutz Steinbrück
Q25 // Liebe die Stare / Tom Schulz
Q24 // Massenhaft Tiere / Mikael Vogel
Q23 // Treibbojen / Asmus Trautsch

Alle Titel, die im Verlagshaus J. Frank | Berlin erscheinen, werden im Literaturarchiv Marbach, im Lyrik Kabinett München und in der Deutschen Nationalbibliothek archiviert.

MAX CZOLLEK

DRUCKKAMMERN

für meinen Vater

hast dir den schädel gespalten
eine palme hineingepflanzt

schwenkst jedes neujahr
die paarhufige hoffnung

mit gänsehaut bespannt
besessen von duschköpfen

geht ein jahrhundert durch
die fünf säulen deiner hand

stehst dort koffer armunter
stift in der offenen anderen

*„Something about
that movie though,
well I just can't get it
out of my head.
But I can't remember
why I was in it
or what part I was
supposed to play."*

(Bob Dylan, Brownsville Girl)

tachymeter

das muss einmal unseren
eltern gehört haben: jung
mit latzhose schlagerblau

vor dem angesetzten lauf
der allee flüchtiger strahler
im kastaniendraht gestellt

als wir die ersten abzüge
an den kühlschrank heften
sieht das aus wie zugenäht

altbau unplugged

unten im hof versammeln
sich nachrichtensprecher
tippen mit den fingern
einer streunenden katze
viertelstündig den takt

hinter gardinen stöhnen
körper im zitat nirgendwo
piratenkanal bloß plastik
gabeln für omas beutel:
sahne auf segeltüchern

wir hängen unsere flagge
in den kursiven moment
der verschwendet ist für
eine spätere verwendung
als kaffee oder hustensaft

fenster zur welt

am fenster trägst
mangos vorbei
gilt deine losung
die sonne scheint

wo eine das gut
der nacht sortiert
die spuckreste
zusammengießt

nachher wenn
die alte schreit
fallen dir dazu
bloß zeilen ein
du i-kind

sieben tage

einer das gesicht
gelochtes papier
ruft *was wollen wir*
in die unterführung

wo der sommer
streikt jeden mittag
mehrweg im mund
vorbeitapert

wer verreisen will
kaut zitrusfrüchte
malt sich eine karte
zur videothek und zurück

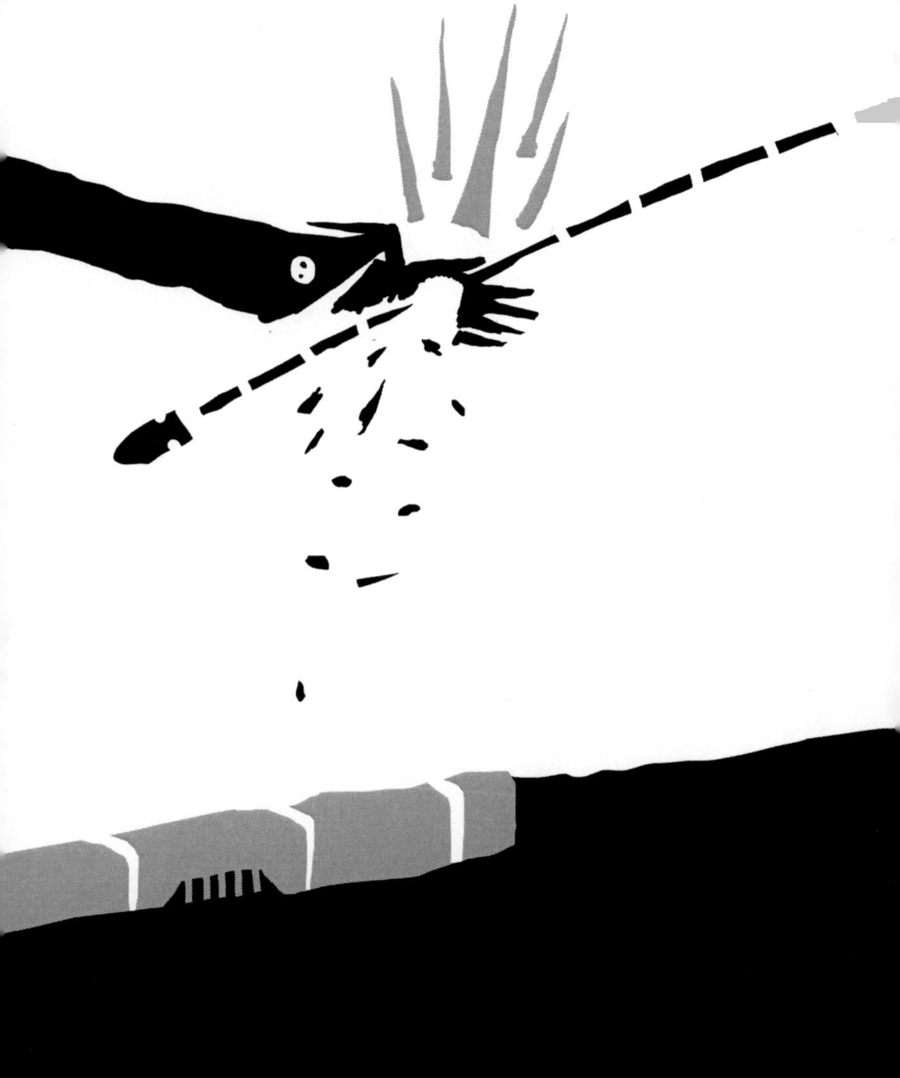

vorstadt cabinet

der gegend klemmt die
zigarette im mundwinkel
eine regionalbahn ratscht
über das schotterbett

an wartesteigen kauern
häuser mit muschelherz
wer hier aufsteht hilft
tüten über die straße

den seitenstreifen aus
gebucht mit rauschen
im wald die stehende
ovation der autobahn

loophowl

aufgedrehter himmel
powerchord der rushhour
im parabol der bäume
tonarme wie äste

bänke als repeat
funktion der grünanlage
wird eine letzte katze
durch das bild gejagt

ver s'hot fligl darüber
hoch eine schwalbe
flit aroiftzu der wind
frischt langsam auf

für majakowski

schwindelhöhe von deinen
wangenknochen
sprung mit raketenrucksack
schwaden im stift
spielst die internationale
auf einem stahltau
der golden gate bridge

so sieht zukunft aus
und dann du
lakonische baskenmütze
jagst dir karabiner in das herz
bis es ganz blutig
an der wand

aufgeblättertes buch
fanden wir dich
über dem schreibtisch
agitierte lenin
und war teil
deiner roten collage

friedhof weißensee

in allen wipfeln der störton
der vögel *es ist so schön*
hier sagt ein altes kind
ein echter dinosaurierwald

der gärtner lädt seine
plastikkanne nach geht
steine gießen wenn der
die zum blühen bringt

dahinter liegt eine im
leinen hat sich das aleph
von der stirn gewischt
wird mittags begraben

der wind stellt sich auf
schwenkt den farn sagt
kaddish über den knochen
wuchert fremde höher

(für theobald tiger)

für thomas brasch

sie haben dich weggebracht
ein anderes level was wurde
aus den ringen auf deinem
buchrücken das feuer im glas
ein ausgestrecktes cembalo

warst schon über alle check
points grubst dir einen weg
aus dem verspielten muskel
liefst großgelb die wände
der theatertoiletten hinab

dann ist es november

man findet uns im stadtpark
pappbecher voll filterkaffee
im hut den wechsel der passanten

wir notieren schwalbenflüge
in tabellen einfacher referenz
punkte am wegrand nach süden

regen verzögert den himmel

züge passieren die atmung
gedankenstriche für etwas
dessen bedeutung wir bis auf weiteres
auf kalte bänke schieben

nautilus pompilius

im nachtbus waren wir nautilusse
einem matschigen monat
in den wegkanal gestreute
der sich mit dem messer
eine gletscherrinne schnitt

ich band mir die gummistiefel
während du mit geschnürten boots
das streusalz auf dem boden sortiertest

im nachtbus waren wir perlboote
eingekapselt in den kammern
der allee der kosmonauten
zwei verhärtete fossilien
vor ausgestelltem meer

fanden wir den auftrieb
unserer selbstumrundung
unter quadraten des realbaus

im nachtbus waren wir kreidetiere
am ende einer linie sterbetage
zu einem pokal verwandelt
und waren die letzten
für den goldenen schnitt des abends

malbuch

ein hund schlägt
seine zähne in den
kaugummiautomaten

auf gartenflächen
kauern denker mit
mutterbrustkomplex

im zwischenraum
mülltonnen *connect*
the dots stehen

wir nach zahlen
gereihte körper
im kegellicht

häuser zirkel
gerade auf dem
papier knirschen

schritte im surround
der schatten: abrieb
von substanz

drunken boxer

an der ecke kreischt eine
mit schwachem prozessor
dieser halbvollen flasche sekt
zerhackt ein altes lexikon
mit handkantenschlag

du kennst das aus kung-fu
kumpel da wolltest immer
bauchmuskeln anspannen
zum splittern der knochen
den orgasmus als happy end

bugs bunny

man erzählt geschichten
über die konstellation
deiner offenen senkel

dass du dir damit
den arm abbindest
an schlimmen tagen

wenn jemand dich bittet
körper zu identifizieren
die du mal geliebt hast

rennst über eine klippe
und fällst immer erst
wenn du den fehler bemerkst

in wittenberg wickelte ich mir
ein trauriges tier um den bauch
das war groß und aß sich satt

schob mir eine kleine trompete
unter das kinn gespanntes seil
darauf balancierte die melodie

dahinter verrannte sich etwas
biss mir heftig in den brustkorb
ich trug das in deine richtung

wieder den ganzen tag
den finger von der landkarte
aufs herz gelegt
schrittmacher
durch alleen entkleideter baum
lungen kapillaren im spalier

draußen tun alle so
als wären sie nicht in dich verliebt

du weißt es besser fährst
auf den kufen einer wehmut
die solidarische grammatik
der blätter hinab

(für nele wolter)

„Malchuth ist Malchuth und damit basta. Aber sag ihnen das mal. Ihnen fehlt der Glaube.“

(*Umberto Eco, Das Foucaultsche Pendel*)

flugdaten

hinter der grenzstation
wachsen die stimmen der türme
zum platzregen

über dem gebetsgewebe
knotenpunkt der teppichsilos
ein weißes handtuch

straßennähte im frottee
eine grafite wäscheleine
zum trocknen aufgespannt

persilschein

loser rindenmulch
die währung fremd
gewohnt in der tasche

den wechsel im blau
der grenzübergänge
marschiert morgen

schlagbaum gezückt
offenes nebelvisier
am seitenstreifen

überrollt ein volga
deinen gaskocher
darfst passieren

blindgängerin

von stoppeln den fuß
halb abgefressen
steht eine
sechs jahrzehnte blau
in der nachkriegslandschaft

drahtüber
gefiederter kosakenchoral
in morseformation
kurz lang kurz

dem gesicht was
aufgefädelt
türmen wolken
geschwader im haar

die distel auf dem hemd
die nicht explodiert

fettes licht

am straßenufer hauen
holzhäuser ihre balken
            in die idylle

auf schattenstelzen
laufen wolkenziegen
über den weizen

eine koppel wirft
kühe nach deinem
keuchenden apparat

brücke über die drina

auf einer fahrt ist es
herbst geworden
in wischegrad
die häuser tragen
einschüsse wie sommersprossen
felder reifer kreuze
am straßenrand

hol die saat ein

wer jetzt allein ist
weckt erinnerung
in gläser ein dreht wachs
um isolationsdrähte
an den bäumen die granatäpfel
leuchtende kinderfäuste

petralona

etwas war über den
himmel gefahren
acht uhr dreißig:
klassischer tango

im orange einer
griechischen wirtschaft
saßen paare hielten
sich ohrläppchen

eine camera obscura
spielte filme im original
man wurde atemlos
machte das bild

tian'anmen

luft wirft wasser
melonen dreht die
vollautomatik in
lotrechte position

jemand schwenkt
seine fahne kotzt
gekürzte signale
verweigert die aussage

der körper kreide
zeichnung im kreuz
verhör der tropfen
die jacke hält dicht

kurdistan

die oliven werden weich
im radio sommer läuft
sich warm paar noten
saxophon summt mit

lacht eine neben dir
wechselt den gang
brillante hügelkette
souvenir im blickfang

dahinter lagert mehr
gedanke als proviant
quietschende ölpresse
leere flaschen für danach

fettes licht II

den anker einer stimme
in das zugabteil gestellt

zweifingerhoch der wald
da passt ein becher drauf

die oberleitung klatscht
eine wellenperspektive

in gekalktem licht wird
gegend angeschwemmt

(für lea schneider)

pullman 5'

was ich denke: derivat
der landschaft
auf den augen
meiner strommastwälder

wächst sich was
ins weißgebälk
mittags kiwihaut
von ohr zu mund

tasse heißes
am schläfenpuffer
wiesennaht die
beschleunigten flüsse

tränseitwärts
gedankenstaub
auf den scheiben
pointierte polster

bansin

auf der seebrücke
bänke in fotopose
die promenade wirft
ihre blinker

dazu der mond
mit wille zur anpassung
zieht das meer an
eine gelbe krawatte

dort stehen wir
glaskörper
im anschlag
rollt gegend aus

(für maria natt und
friederike scheffler)

das trommeln der berge

wenn nacht dir korn
von den augen sichelt

streifst du das
treibholz deiner wange
ab in ballen stroh

der wind knüpft
garn daraus
geht um das haus
(der alte trunkenbold)
singt von der see

die andächtigen möwen
haben es gewusst
du gingst früh
über magerwiesen
bereit zum kentern

selbstauslöser

dann bist du dort
zwischen weizen
sibirien am mund
ufer paar wolken
darauf erkennt
dich keiner

frisch gezapfter
wind von norden
fliegt mit röcken
mit den tauben
runden worten
steht fest: du

kannst gleich
weiter schaum
um die lippen
gelbes grinsen
angestellt zum
nächsten glas

fettes licht III

die gebrauchte gegend
trägt kurzhaarsschnitt
mit maschine

aus den schornsteinen
rauchen häuser kette
darunter gibt es fenchelsalat

in den maststationen
knistern die pulsmesser

neuendorf

ein fadenkreuz buhnen
das meer schleppt sich an land

hinter dem deich kauert
die leergefegte heide

im schwedeneisbecherlicht
rücken betonmischer an

reichsautobahn 26

na also: 200 km/h auf der trasse
und ist das nichts mit schildern
schlieren zwischen nadelholz

laufen die 90er aus dem rahmen
wo du sitzt und eine mad world
in die schmierige tapete denkst

vielleicht ist das deutschland da
hinten / geduscht und kahlrasiert
dämmerung am oberarm

kommen kennzeichen nah
genug für deine augen darin
fährt landschaft ab und dann
und wann ein kreuz im 4/4

bonnie parker

planst deine flucht
mit offenem verdeck
in eine richtung
die du zuhause nennst

hast kornweise küste
in der augenfalte
beutel überschwang
im palmenhaar

gepackte koffer
in der zimmerecke
als potentielle energie
ausrede zu bleiben

*„Warum
bin ich nicht
in Dachau
geblieben,
die Luft
war so gut
und der Chef
kein Jud."*

(Maxim Biller, Der gebrauchte Jude)

מושבה הגרמנית

ich frage mich ob diese stadt
so urlaubsgefühl und abfuck
in mein reimschema passt
immer dabei : immer daneben

der frühling liegt in den wehen
                ich brauche fast nichts
zum leben bloß einen teller
holz und kein brot auf
dem tisch dort zuckersand
im bett ein paar schuppen
die mir der traum gewetzt

will sagen: ich war ganz wund
gerieben von eichen / denke
in tüchern wenn es heiß wird
schaue ich das meer hinab

es gibt hier keine möwen
die heimweh kreischen

nachdenken über schultheiß

auf den schildern männer die
halten ihre krüge in der faust
dein sohn in der kneipe trinkt
ihnen zu / die eingangstür eine
nadelgrüne wand die grenze zur
schonung draußen wachsen hörbar
bäume / der sohn sitzt hinter
dem tresen und ist allein mit den
männern ruft zur runde vor der
nächsten / gib ihm einen namen
nenn ihn ruben oder maximilian

/ die tür
              eine senkrechte grasnarbe
du willst das kind zerteilen auf
wen geht die nächste / dein sohn
trägt ein geweih hinter dem kopf
redet von grenzen für die du
keine namen hast / es liegen
nadeln in der luft und vielleicht
ist es woanders gut oder hier /
denkst es müsste abfallen
trätest aus dem wald heraus

aus den wäldern

andre die das land so sehr
ich kann nicht mehr weiter
lächeln als bis zur nächsten
gartenfläche ich war
von anfang an

gewillt das mit dem aufenthalt
noch mal zu überdenken
und blieb dann unter
bäumen stecken
ich schlief mir

ohne unterlass die angst
aus meinen träumen
fühlte da verblutete
jemand streckte mich
immer tiefer nach wasser

in alten tagen einer vertrauten
stimme einem anderen land
zog an meiner zunge
und fand sie
im boden verwachsen

als ich nicht wusste was ich noch herausdenken
sollte in das gesicht gegenüber das offensichtliche
auch noch zu sagen kommt vor am tag zwei
drei mal und nachher bloß geschmack wenn
mir gedanken nicht in den schlaf folgen wollen
immer als letztes wie späte gäste die nicht gehen
bis auch die letzten reste zusammengekehrt
in einer ecke flusen der dreck in meinem kopf
verpasstes schiffchen aus der enge
und wieder eine chance nicht genutzt
                da ist alles so voll von für jeden und fern
brandet was an den küstenstreifen
trägt land ab *der ist auf einem guten weg*
mein vater nahm das nächste schiff nach buffalo
der alte käptn und hielts und hielts ich stell mir vor
die barke ist leer gewesen die ganze zeit was weiß ich
denn schon wofür die ganze tätigkeit der schrott
in den zimmern die spuren meiner zähne am stift
ich weiß nicht wo zu hause fühlen die nacht wird
ungeduldig unter den schiffen die gelöscht
von mir ziehen jedem ein steuermann nur
ich steh noch an land und winke winke

leuchten

„Wenn dieses Tor einstürzen
und wieder errichtet werden,
einstürzen und
wieder errichtet werden wird,
und wiederum einstürzen wird,
und bevor man noch dazu kommen wird,
es wieder zu errichten,
wird der Sohn Davids kommen."

(Babylonischer Talmud, Synhedrin)

I.

scherenschnitt schwarzwald
ein licht wie schweinefleisch
und luther auf dem viehwagen
ist so schwach auf dem weg
vor eisleben bläst ein wind

II.

wie straßburger glocke tag
kippt über die zwanzig watt
kirchturmspitze zieht hinauf
den zweifel hinauf den hals
wirbel vertreibt die fremde

III.

zweihundertachtundvierzig mal ja gesagt
locken um fingerknochen gedreht
den aberglauben hatten die anderen
was hatten wir außer: ritualworte
ein leuchten am ende der kreißsäle

IV.

zellophanmillimeter straßenlauf
edward munch vor der hebräischen bücherei
schläfenseitig die haare wachsen
nicht weiter unter dem pflaster:
war doch nicht so gemeint

V.

ein oder zwei zonen zwischen mir
                    und dem rest der geschichte
wenn das licht einen rundflug veranstaltet
die aufgekrempelte topographie der hände
gefäße die einfach nicht voll werden

nie in tel aviv

blau versackt so blau
teutonische häfen vor
dem flug flüssiges wie
urin kontrollieren dein
hirn kontrolleure den
schweiß bärtige salz
auf stoff blütenweiß
trag wasser und salz
im fach über gewicht
auf preis deinen gott
jag ihn die landebahn
hinauf und verschließe
dein ohr das rechte das
linke bloß dem heulen
der bahn am gleis hilft
ja doch nicht hilft ja
doch nicht hilft ja doch
permanent boden vereist
flugbahn starterlaubnis
nicht erteilt nie warst
du in tel aviv nie am
meer so blau ver
sackt und hier
alles weiß

fehlleistung

was da rein fährt
spot auf die sumohälse
der kraftwerke mit
ratternder lunge

liter kühlwasser
im metallgedächtnis
schnee auf der
unartigen pupille

in so einem fetten licht
hast du viehwaggons
noch nie gesehen

herbst vor weimar

ragen buchen warm
in das auge wächst
goethes gartenhaus

durch rosen stapfst
rechts links die alpen
träume deiner eltern
im märchensaum

verhakelte beine
schornsteingestrüpp
wo du fürchten lernst
die worte verstecken

restposten

die spuren von passanten
auf meinem körper blonde engel
die mir den kopf rasieren

augen zugedrückt vom tageslicht
in waldbeständen frisch
gewaschene luft vor dem fenster

ich habe meine haut aufgespannt
für die vernunft
nun komm unter den lampenschirm

er hat einen sternenhimmel

er mag lieder
die sich anhören
wie selbstgemacht

unter der dusche
masturbiert er gerne
das ist unkompliziert

er hat gute freunde
wenn es sein muss
denkt er an auschwitz

(für björn kuhligk)

fun der mame loyschen

„where trouble melts
like lemondrops
high above
the chimney tops
thats where
you'll find me."

(E. Y. Harburg, Somewhere over the Rainbow)

prolog

steigen namen
rippenleitern
auf zum mund

bevölkern
die außenwände
meiner wange

beißende ironie
der häftlinge
hinter zähnen

mit dem bart
wächst das meiste
in die blätter

halpern

das ist moyshe leyb
in die städte gekommen
als fremder sich auftrieb zu
suchen das eigene gewicht
zu spülen gegen ostwinde
sitzt er zwischen kaminen
betrachtet schornsteinfeger
grün und glücklos durch
den boden einer flasche
das ist moyshe leyb
den rauschen macht
die angst im glas

sutzkever

oder chagall hat davon
gewusst als er blaue kühe
fliegen ließ mit der übrigen
farbe das publikum malte
ein zerfiedeltes negativ

so einer wie dieser
besingt noch welt
im offenen sarg
die feder verhakt
mit der letzten fuge

glattstein

hast dich los gemacht
zurück in das ghetto
aufgänge gesucht
deine frühen gesichter:

freunde bergen-belsen
grubenheber schmuggler
macht euch aus der luft
glattstein grüßt aus den träumen
einer geendikten sprache

an einen vorgeborenen

I.

in die städte kam ich zur stunde
der *hochzeiten* als da
freude herrschte
unter den menschen

ich tanzte mit ihnen

schlief unter den stummen
ohne sprache den mund voll
gestopft mit brücken

die kraft meiner arme
ging in koffern
trug ich die angst

II.

es ist wahr
ich tauchte im großen meer
verlor mein haar dabei

getragen von glück
als das aussetzte
                war ich unterwegs

die hoffnung dünn wie ein blatt
im wald (ich rede von bäumen
rede ich)

und kann den weg nicht finden
zu den häusern aus luft

III.

wirklich ich lebe in zeiten
wo die unglücklichen nicht
mehr weinen wir einfach
weiterschreiben – überall
die finger am abzug wer
kann da noch freundlich
bleiben was hilft es wozu
sind wir geworden am ende
der eismeere

wohin die straßen führten
zu meiner zeit

fun der mame loyschen

wie es nicht war

als licht wie
rosen auf wege
gestreute

mehr lieder als
blau geprügelte
nächte im rücken

verneigt vor
dem windkanal
offener münder

Der Autor dankt

G13
Tea Kolbe
Björn Kuhligk
Ulf Stolterfoht
Emanuel Cohn
Anette Cebulla
Johannes CS Frank
meinen Eltern
den Stullen

Corinne

Inhaltsverzeichnis